THE BIG BOOK BANK

This is what...

Ruben (20)

thought of this book!

I like a book called The Magic bus, It is about a class that has a Magic bus. It can fly, roll and it can swim. I like it because it has a mistery (I love misterys) The Magic bus is a string of books. In the 1st one is about dinosaurs. This book that I am riting about is a French book. I chose that book because I com from France. Do you think you'd like it?

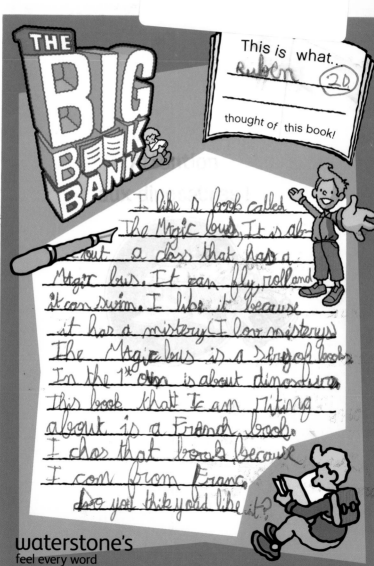

L'auteur : Joanna Cole a eu une prof de sciences
qui ressemblait un peu à Mlle Bille-en-Tête.
Après avoir été institutrice, bibliothécaire et éditrice
de livres pour enfants, Joanna s'est mise à écrire.
La série *Le Bus magique* connaît un très grand succès
aux Etats-Unis !

L'illustrateur : Yves Besnier est né en 1954.
Il habite à Angers. Il illustre des affiches publicitaires
ainsi que des livres pour enfants chez Gallimard,
Nathan, Hatier, Bayard. Il a dernièrement illustré
Cendorine et les dragons, paru en 2004 chez Bayard
Editions Jeunesse.

L'auteur tient à remercier le Dr Tom Jones pour ses conseils
judicieux lors de la préparation du manuscrit.

Titre original : *Dinosaur Detectives*
© Texte, 2000, Joanna Cole.
Publié avec l'autorisation de Scholastic Inc., 557 Broadway, New York,
NY 10012, USA.
Scholastic, THE MAGIC SCHOOL BUS, le Bus magique et les logos
sont des marques déposées de Scholastic, Inc.
Tous droits réservés.
Reproduction, même partielle, interdite.
© 2005, Bayard Éditions Jeunesse pour la traduction-adaptation
française et les illustrations.

Conception et réalisation de la maquette : Isabelle Southgate
Suivi éditorial : Karine Sol.

Loi n° 49 956 du 16 juillet 1949
sur les publications destinées à la jeunesse.
Dépôt légal : mars 2005 – ISBN : 2 7470 1475 4.
Imprimé en Allemagne par Clausen & Bosse.

Attention
aux dinosaures !

Joanna Cole

Traduit par Josette Gontier
Illustré par Yves Besnier

Troisième édition

BAYARD JEUNESSE

La classe de Mlle Bille-en-Tête

Raphaël

Thomas

Véronique

Carlos

Ophélie

Kicha

Anne-Laure

Lise

Arnaud

Bonjour,
je m'appelle Raphaël,
et je suis dans la classe de Mlle Bille-en-Tête.

Tu as peut-être entendu parler d'elle,
c'est une maîtresse extraordinaire,
mais un peu bizarre.
Elle est passionnée de sciences.
Pendant ses cours, il se passe toujours
des choses incroyables.

En effet, Mlle Bille-en-Tête
nous emmène souvent en sortie

dans son **Bus magique** qui peut se transformer
en hélicoptère, en bateau, en avion...

Ah ! J'oubliais ! La maîtresse s'habille
toujours en rapport avec le sujet étudié,
et elle a un iguane, Lise. Original, non ?

Dans ce livre, tu trouveras les dossiers
que nous préparons à la maison
et les informations fournies
par l'ordinateur portable de la maîtresse...
Ainsi, tu seras incollable
sur les dinosaures !
Et ça, ce n'est pas mal non plus !

1

La surprise de Raphaël

C'est lundi matin. Mes copains et moi, nous nous apprêtons à entrer dans la classe de Mlle Bille-en-Tête. Je crois que je n'ai jamais été aussi heureux d'aller à l'école ! On étudie les dinosaures, et j'ai dans mon sac à dos l'objet du siècle ! Pour une fois, je vais épater mes copains.

– Ça sent une drôle d'odeur, tu ne trouves pas ? me demande Anne-Laure en plissant le nez.

Je réplique :

– Tu veux dire que ça pue !

Soudain, Mlle Bille-en-Tête surgit dans

le couloir, vêtue d'une robe avec des motifs de dinosaures.

– Laissez-moi passer ! crie-t-elle d'une voix nasillarde en se pinçant le nez. Je vais jeter immédiatement ces œufs à la poubelle !

C'est Véronique qui a apporté des œufs pour illustrer son dossier. Et, manifestement, ils ne sont pas frais !

Des œufs gros comme des ballons !

C'est dans le sud de la France, en 1859, que le premier œuf de dinosaure a été découvert et identifié. Il avait les dimensions d'un ballon de football.

Les plus gros œufs ont été retrouvés en Chine : ils mesuraient à peu près 50 cm de long. De quoi faire une omelette pour une trentaine de personnes !

Véronique

Carlos entre le premier dans la classe et s'exclame :

– Ça sent l'œuf pourri, ici !

– On s'en est aperçus ! Scientifiquement parlant, c'est du sulfure d'hydrogène, pré-cise Anne-Laure, un peu agacée.

– En tout cas, c'est *œuf*trêmement dégoûtant ! plaisante Carlos.

Quand il s'agit de rigoler, Carlos est imbattable ! Anne-Laure, elle, est l'élève la plus forte de la classe. Elle sait tout sur tout ! Et, pour ce cours, elle a bien évidemment apporté son livre sur les dinosaures.

– De l'air ! crie Carlos en ouvrant les fenêtres.

Dans la cour, Mlle Bille-en-Tête est en train de jeter les œufs dans une poubelle.

En me tournant vers le bureau de la maîtresse, je constate que Lise est plus verte que d'habitude. Je me précipite vers elle, la prends dans mes bras et la transporte jusqu'à la fenêtre pour qu'elle respire un peu d'air frais.

– Ce n'étaient pas des œufs de dinosaure, mademoiselle ? demande Ophélie lorsque la maîtresse revient dans la classe.

– Bien sûr que non ! répond Anne-Laure.

Les œufs de dinosaures sont fossilisés !

– Un peu de silence, les enfants ! intervient Mlle Bille-en-Tête. Souvenez-vous,
on a appris dans la dernière leçon que les
dinosaures ont disparu il y a 65 millions
d'années. Ils ont occupé la Terre pendant
près de 150 millions d'années.

Anne-Laure approuve d'un mouvement
de tête.

Une fin terrible

Les scientifiques pensent que la disparition des dinosaures est due à des éruptions volcaniques ou à la chute d'une météorite gigantesque sur la Terre. En percutant notre planète, elle aurait formé un énorme nuage de poussière, privant ainsi la Terre du Soleil, et donc de la vie.

Anne-Laure

La maîtresse veut s'assurer qu'on a bien retenu. Elle continue de nous interroger.

– Les enfants, comment savons-nous que les dinosaures ont existé ? poursuit Mlle Bille-en-Tête.

Huit mains se lèvent aussitôt, dont la mienne. Je meurs d'envie de répondre à la question, puisque je détiens, cachée dans mon sac, la preuve de l'existence des dinosaures. Mais la maîtresse désigne Kicha.

– Grâce aux fossiles ! répond celle-ci sur un ton triomphant.

– Bravo, Kicha !

J'agite la main :

– Maîtresse ! Maîtresse !

– Eh bien, Raphaël, qu'as-tu à ajouter ?

Je me lève, prends mon sac à dos, et je me dirige vers la maîtresse. Pour en exhiber la surprise du jour avec fierté.

– J'ai apporté un fossile de dinosaure !

– Super ! s'écrie Anne-Laure en se précipitant vers le bureau, suivie de tous les élèves.

C'est quoi, un fossile ?

Les fossiles sont des restes d'animaux qui se sont transformés lentement en pierre. Ils sont vieux de plusieurs millions d'années. Mais tous les ossements ne se transforment pas en fossiles, ils sont pour la plupart voués à la décomposition !

Kicha

– Tu ne l'as pas gagné dans une pochette-surprise, au moins ? me demande-t-elle avec méfiance.

Très digne, j'ignore sa remarque. Pour une fois, Mlle Je-sais-tout est épatée !

– Effectivement, on dirait un fossile de dinosaure, constate Mlle Bille-en-Tête au bout d'un moment. Où l'as-tu trouvé, Raphaël ?

– Chez ma grand-mère, ce week-end. Je lui ai parlé de nos leçons, et elle m'a dit qu'elle avait eu un oncle paléontologue. Elle conserve son vieux coffre, dans le grenier.

– Paléon... quoi ? lance Carlos.

Manifestement, il cherche encore à faire son intéressant. Mais personne ne lui répond. Nous savons tous qu'il s'agit d'un scientifique qui recherche et étudie les fossiles.

– Elle m'a laissé fouiller avec mon père

dans le coffre. Il y avait des tas de cartes, des pioches, des marteaux... Et, au fond, ce fossile.

À qui sont les os ?

Pour savoir à quoi ressemblaient les dinosaures, et comment ils vivaient, les paléontologues étudient les squelettes fossiles. Ils doivent souvent les reconstituer comme un puzzle car les ossements ont été déplacés par l'eau ou le sable. Parfois ils imaginent les os manquants et les modèlent en plâtre ou en résine.

Raphaël

– Tu sais d'où vient ce fossile ? demande Mlle Bille-en-Tête.

– Mon arrière-grand-oncle faisait souvent des fouilles dans l'État du Wyoming.

– Ça veut dire qu'il y avait des dinosaures aux États-Unis ? s'étonne Thomas.

– Bien sûr ! intervient la maîtresse. On y a trouvé des milliers de squelettes ! On en a également découvert dans d'autres parties du monde, en particulier en France.

– Et c'est quoi, ton fossile ? veut savoir Ophélie.

– Je crois qu'il s'agit d'une dent.

– Peut-être une dent de *Tyrannosaurus Rex*, le plus terrible des dinosaures, avance Anne-Laure.

– Je connais quelqu'un qui pourra l'identifier facilement ! annonce Mlle Bille-en-Tête.

Elle compose un numéro sur son téléphone mobile. Lorsque la communication est établie, elle demande à parler à un certain professeur Marcus, et lui parle de ma découverte. Ils entament une conversation passionnée. Puis elle raccroche et lance :

– En route pour le musée d'Histoire naturelle, les enfants ! Le professeur Marcus est un expert, et il est impatient de voir ton fossile, Raphaël. Range-le soigneusement dans ton sac !

À ces mots, Lise se glisse vite dans le cartable de Mlle Bille-en-Tête.

– J'aimerais voir un dinosaure vivant ! m'avoue Kicha tandis que nous nous engouffrons dans le Bus magique, garé dans la cour de l'école.

– Ne dis pas de bêtises, tu sais bien que c'est impossible ! réplique Anne-Laure.

Mais elle oublie une chose : avec le Bus magique, *rien* n'est impossible !

2

Mauvaise manipulation

Une fois montés dans le Bus magique, Carlos et Ophélie se jettent sur mon siège préféré, juste derrière la maîtresse.

Mlle Bille-en-Tête leur confie son ordinateur portable, et s'installe au volant.

– Raphaël ! Viens t'asseoir à côté de moi, s'écrie Anne-Laure.

Elle me désigne une place libre, au deuxième rang. Je ne suis pas dupe. Je sais que c'est parce que mon fossile de dinosaure l'intéresse.

Je ne me suis pas trompé ! Dès que je suis assis, elle me demande :

– Montre-moi ton fossile. Je ferai très attention, c'est promis !

– D'accord ! fais-je en tirant le précieux objet de mon sac.

Je le pose délicatement dans sa main. À cet instant, Mlle Bille-en-Tête se retourne vers Ophélie et Carlos :

– Les enfants, vérifiez l'itinéraire sur mon ordinateur portable ! Je souhaite emprunter le chemin le plus court pour aller au musée.

Carlos ouvre l'ordinateur :

– Quel mot de passe je dois taper ?

Mlle Bille-en-Tête ne répond pas. Je me penche donc par-dessus l'épaule de Carlos, et je lui suggère de taper « Dinosaure ».

Une seconde plus tard, un schéma chronologique intitulé « Une grande famille » apparaît sur l'écran. Il indique les trois époques écoulées depuis l'apparition des dinosaures jusqu'à leur extinction.

Une grande famille

Les dinosaures ont vécu durant ce qu'on appelle l'ère mésozoïque, ou ère secondaire, qui se divise en trois périodes. En voici quelques espèces :

TRIAS
- 225 à - 208 millions d'années
Coelophysis, Plateosaurus, Anchiosaurus

JURASSIQUE
- 208 à - 145 millions d'années
Allosaurus, Diplodocus, Stegosaurus, Brachiosaurus, Apatosaurus

CRÉTACÉ
- 145 à - 65 millions d'années
Tyrannosaurus Rex, Triceratops, Ankylosaurus Pachycephalosaurus, Troodon, Velociraptor

Apatosaurus

Pachycephalosaurus

Plateosaurus

– Et maintenant ? interroge Carlos.

– Clique sur « trias » !

Carlos s'exécute aussitôt, et une série d'icônes apparaît sur l'écran. Elles ne représentent ni le *Coelophysis*, ni le *Plateosaurus*, ni le musée. Je n'en reconnais qu'une seule : l'icône du Bus magique. Carlos s'est-il trompé ?

– J'aimerais bien savoir ce que ça donne, dit-il en pointant le curseur sur le « Bus magique ».

Je l'encourage :

– Essaie toujours, on verra bien !

Carlos obéit, et deux voyants se mettent à clignoter sur l'écran. L'un indique : « Sortie », l'autre : « Voyage ».

Lorsque je vois Carlos déplacer le curseur vers « Voyage », j'ai un étrange pressentiment. Je veux arrêter son index. Trop tard : il vient de cliquer !

VROOOOM !

Un vacarme assourdissant se fait entendre, pire que le bruit d'un avion à réaction qui décolle. La cour, l'école, tout devient flou. Mlle Bille-en-Tête se retourne :

– Que se passe-t-il, Carlos ? Je t'ai demandé de trouver l'itinéraire le plus court pour aller au musée par la route ! Pas par les airs !

Mon copain lui explique où il a cliqué, et le visage de la maîtresse devient aussi rouge que ses cheveux. Puis elle sourit, et je remarque une étincelle dans ses yeux :

– Eh bien, ce qui est fait est fait ! Tant pis pour le musée ! Cramponnez-vous, les enfants ! Nous allons voyager dans le temps !

Ses mots se perdent dans un écho, tandis que nous abandonnons le XXIe siècle.

Au bout de quelques minutes, le Bus magique s'arrête. Dans un monde mort. Au beau milieu d'un cimetière de dinosaures avec, à perte de vue, de gigantesques ossements.

3

Bienvenue au trias !

– Tu m'avais bien dit d'ouvrir l'icône « Voyage », Raphaël ? me souffle Carlos.

– Euh... Euh ...!

Je ne veux pas être tenu pour responsable de cette erreur. Qui sait si nous réussirons à revenir à notre époque ?

– Les enfants, intervient Mlle Bille-en-Tête, autant profiter de cette aventure ! Suivez-moi, nous allons faire des travaux pratiques.

Et elle ouvre la porte du bus. Tous les élèves descendent. Ils avancent, mi-effrayés, mi-excités, parmi les ossements.

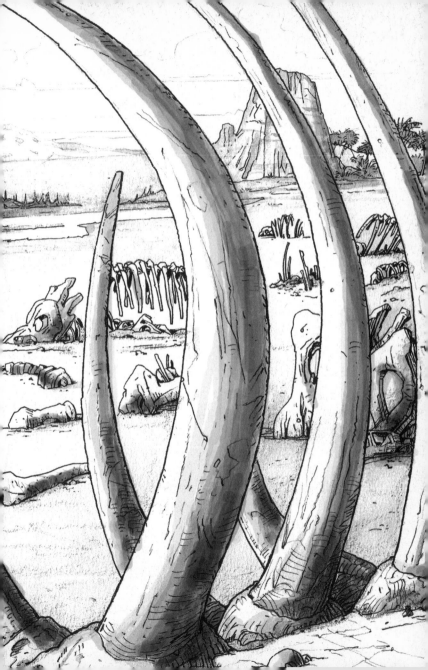

Véronique désigne un crâne de dinosaure.

— C'est un *Plateosaurus* ! dit la maîtresse.
Nous sommes donc au trias !

Le *Plateosaurus*

Taille : 6 à 8 m de long.
Poids : 1 500 kg.
Époque : trias.
Régime alimentaire : herbivore.
Signes particuliers :
— Quadrupède (il marche sur ses quatre pattes).
— Il a un long cou et des dents en forme
de créneaux.
— Il a une solide griffe en forme de faux au bout
du pouce pour déterrer des racines et se défendre
contre les prédateurs.

Élémentaire,
mon cher Watson !

Comment distinguer les dents d'un dinosaure herbivore de celles d'un carnivore ? À leur forme ! Elles sont adaptées à leur régime alimentaire.

Les **carnivores** possédaient des dents pointues et tranchantes, serrées les unes contre les autres, pour découper la chair de leur victime.

Les **herbivores** avaient des dents d'aspect varié, souvent en forme de spatule ou de feuille. Certaines ressemblaient aux incisives de l'homme.

Carlos

– Il a de drôles de dents ! s'exclame Thomas. Elles ont la forme d'une feuille !

– Normal, puisqu'il est végétarien ! rigole Carlos.

– Raphaël, vérifions si ton fossile est de la même taille ! dit Anne-Laure.

Je lui reprends mon fossile, et je constate que les dents du dinosaure diffèrent de la « mienne ».

– Ce n'est pas une dent de *Plateosaurus*, déclare Mlle Bille-en-Tête. Mais elle appartient certainement à un dinosaure herbivore. Cela se voit à sa forme.

– Regardez !

Je désigne un squelette. Des dents comme des poignards sont implantées dans une mâchoire géante. Celles-ci appartiennent sûrement à un carnivore !

– Un... un... carnivore ? bafouille Ophélie, tremblante. Et si nous en rencontrons un ?

– Tâchons d'être prudents ! conseille la maîtresse.

D'un geste vif, elle rattrape Lise qui s'éloignait. Véronique se tient un peu à l'écart du groupe. Soudain, elle pousse un cri :

– Au secours ! Je viens de recevoir quelque chose de visqueux sur la tête !

Levant les yeux vers la cime des arbres qui surmontent le cimetière des dinosaures, nous apercevons une petite tête à long museau, se balançant au bout d'un cou élancé. Le petit groupe se resserre aussitôt autour de la maîtresse.

– C'est un *Plateosaurus* ! Bien vivant ! déclare Mlle Bille-en-Tête.

C'est alors que je reçois à mon tour une sorte de bouillie sur ma casquette !

– Beurk ! C'est dégoûtant ! Il bave ou quoi ?

– N'ayez pas peur, les enfants ! Il ne vous fera aucun mal ! Le *Plateosaurus* est l'un des premiers dinosaures herbivores, explique Mlle Bille-en-Tête. Il ne mange que les feuilles des arbres.

– Regardez ! s'écrie Anne-Laure. Nous sommes encerclés !

En effet, huit *Plateosaurus* pointent leur tête dans le feuillage. Et ils ne se privent pas de nous baver dessus !

Je grimace :

– Ils sont peut-être gentils, ces végétariens, mais ils mangent comme des cochons !

– Allez ! Tout le monde dans le bus ! ordonne la maîtresse.

Nous nous engouffrons dans

le Bus magique, et nous bouclons nos ceintures par prudence. Puis Mlle Bille-en-Tête presse un bouton du tableau de bord.

Il y a un grondement, des secousses, et le bus se change en... Hélicoptère magique ! Quelques minutes plus tard, nous survolons les arbres.

Soudain, un *Plateosaurus* tente de gober l'hélicoptère ! Mais la maîtresse, en bon pilote, opère un brusque virage, et l'engin s'élève haut dans le ciel. Ouf ! Nous l'avons échappé belle !

4

À la poursuite de Lise

– Regardez en bas ! dit Mlle Bille-en-Tête en survolant l'épaisse forêt. Voilà à quoi ressemblait notre planète, il y a deux cent vingt millions d'années.

– Ça me rappelle mon voyage à Hawaii, remarque Ophélie.

– En effet, au trias, certaines parties du monde étaient recouvertes d'une jungle tropicale identique à celle d'Hawaii. D'autres endroits étaient, au contraire, désertiques, explique la maîtresse.

– Nous sommes en train de survoler la Pangée, complète Kicha.

La Pangée,
un supercontinent !

Il y a environ deux cent vingt millions
d'années, toutes les terres étaient réunies
les unes aux autres.
À la fin du trias, la Pangée s'est séparée
en deux grands blocs, la Laurasie, et
le Gondwana, et une mer a pénétré
entre les terres.
Au début du crétacé, les deux parties
se sont morcelées à leur tour pour
former les sept continents actuels.

Kicha

Au bout de quelques minutes de vol, la jungle fait place à un désert aride et rougeâtre parsemé de plantes maigres. Quelques animaux étranges descendent le lit d'une rivière asséchée.

Je m'écrie :

– Mademoiselle Bille-en-Tête ! Ces dinosaures ont une drôle de couleur !

Tout le monde colle son nez contre la vitre : un troupeau de dinosaures rayés de jaune et de vert file à grande vitesse.

– On dirait des lézards géants ! remarque Thomas.

Au mot « lézard », Lise passe la tête hors du sac de sa maîtresse.

– Des lézards géants pas très sympathiques..., ajoute Véronique.

– Ça m'a tout l'air

Un petit air de famille...

Les dinosaures (en grec, deinos veut dire « terrible » et sauros « lézard ») ressemblaient aux reptiles actuels : leur peau était recouverte d'écailles, et ils pondaient des œufs. Mais il suffit d'observer attentivement Lise pour voir la différence. Eh oui ! Lise a les pattes repliées, tandis que celles des dinosaures étaient droites.

Véronique

d'être des *Coelophysis*, dit Mlle Bille-en-Tête. Allons les voir de plus près !

Elle amorce une descente et dirige l'hélicoptère de façon à le poser le plus délicatement possible.

– Vous êtes sûre que c'est une bonne idée ? s'inquiète Ophélie.

– Aucune crainte ! Bien que le *Coelophysis* soit carnivore, il ne se nourrit que d'insectes et d'animaux minuscules.

– Quelle horreur ! s'écrie tout à coup Anne-Laure après avoir feuilleté son livre. En cas de famine, il mange ses propres petits !

Le *Coelophysis*

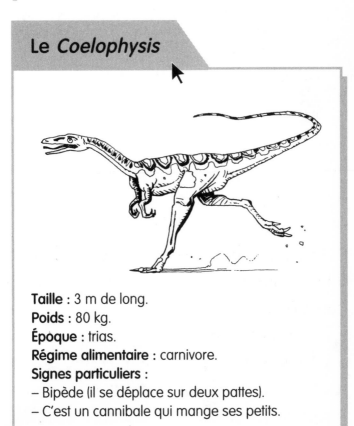

Taille : 3 m de long.
Poids : 80 kg.
Époque : trias.
Régime alimentaire : carnivore.
Signes particuliers :
– Bipède (il se déplace sur deux pattes).
– C'est un cannibale qui mange ses petits.

– Sympa ! s'exclame Carlos. Je brûle d'envie de faire connaissance avec ces bestioles.

À peine l'hélicoptère a-t-il atterri que Carlos saute à terre, et l'ensemble de la classe le suit. Sur le sol légèrement humide se dessinent les empreintes de pas des *Coelophysis*.

– Mademoiselle, Lise est en train de se sauver ! l'avertit Anne-Laure.

Trop tard ! Lise a déjà jailli du sac et file en direction de la rivière. Véronique pousse un cri.

– Lise a envie de parler avec ses lointains cousins, gémit Mlle Bille-en-Tête. Rattrapons-la vite !

– D'autant que les *Coelophysis* mangent également des lézards ! ajoute Anne-Laure, qui a le nez dans son livre.

On se lance tous à la poursuite de Lise. Soudain, je m'exclame :

– Elle est là-haut, sur les rochers !

– Chut ! murmure la maîtresse. Raphaël, vas-y seul et essaie de la récupérer !

J'avoue que je ne suis guère emballé. Mais, puisque la maîtresse me l'a ordonné, je me dirige furtivement vers Lise.

Parfaitement immobile, elle se réchauffe au soleil. Je m'avance vers elle sur la pointe des pieds. Mais, alors que je tente de l'attraper, elle bondit et se faufile sous les cailloux. Je m'élance à sa poursuite, et m'arrête aussitôt : devant moi se dresse un *Coelophysis* ! Il me fixe de ses yeux jaunes. Des yeux de fouine.

Je reste figé de terreur. Ce n'est pas la taille du dinosaure qui m'impressionne : il est assez petit. Et maigrichon. Mais ces yeux !

Je hurle :

– Mademoiselle Bille-en-Tête ! Mademoiselle Bille-en-Tête ! Au secours !

Et qui vient à ma rescousse ? Lise ! Afin de détourner l'attention du *Coelophysis*, elle grimpe sur sa patte griffue. Le dinosaure pose immédiatement les yeux sur elle, et ouvre une gueule armée de dents pointues. En un éclair, il incline la tête, prêt à happer Lise.

– Attention, Lise !

Raté ! L'iguane a sauté dans les airs, lui échappant de justesse... et est venu se réfugier sur mon épaule !

Le *Coelophysis* relève la tête. Ses petits yeux jaunes brillent de gourmandise et d'excitation. Il n'est pas du genre à laisser son casse-croûte s'envoler. On est dans de beaux draps !

Soudain, je sens deux mains fermes me saisir : ce sont celles de la maîtresse. Elle nous entraîne à bonne distance du *Coelophysis*.

Bizarrement, le dinosaure reste immobile, ses yeux sont fixés sur la chevelure rousse de Mlle Bille-en-Tête. Puis il pousse un cri strident. La maîtresse met Lise dans son sac, en prenant bien soin de tirer la fermeture éclair, et nous rejoignons en hâte le reste de la classe.

— Vite ! Tous dans l'hélico-bus !

Tout en courant vers l'Hélicoptère magique, je jette un coup d'œil par-dessus mon épaule. Ce que je vois me glace les sangs. Le *Coelophysis* a dû alerter ses congénères, car à présent le troupeau entier est lancé à notre poursuite.

Ce jour-là, je bats mon record de course à pied. Et je suis le premier à sauter dans l'hélicoptère. Mes copains suivent, la maîtresse monte la dernière et ferme la porte. Il était temps ! Le premier *Coelophysis* a déjà atteint l'hélico. De rage, il laboure la vitre de ses pattes avant.

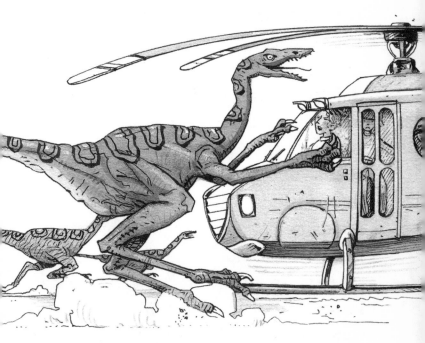

Pourvu que le moteur démarre ! Nous nous cachons les yeux afin de ne pas voir les pattes menaçantes qui griffent la vitre.

Le vrombissement du moteur se fait enfin entendre. Mlle Bille-en-Tête décolle aussitôt. Nous sommes sauvés ! En dessous, une centaine de *Coelophysis* sont regroupés en cercle autour de l'endroit que nous venons de quitter.

– Je crois que nous en savons assez sur le trias, dis-je à Thomas en essuyant la sueur qui perle sur mon front.

– Très juste ! reconnaît Mlle Bille-en-Tête. Maintenant, nous allons découvrir le jurassique, l'ère qui lui a succédé. N'oubliez pas que notre mission consiste à retrouver le propriétaire de cette dent !

– Heu... Les dinosaures de cette période, ils sont comment ? demande Véronique d'une voix mal assurée.

– Énormes ! Bien plus qu'énormes ! s'écrie Anne-Laure.

5

Ophélie disparaît

Un tourbillon secoue l'hélicoptère, qui se transforme en Avion à réaction magique. Et, en moins de temps qu'il n'en faut pour le dire, nous nous retrouvons au jurassique.

– Regardez ! crie Kicha en plaquant son front contre le hublot. Je vois deux trucs blancs, là-bas ! On dirait des œufs !

– En effet, nous sommes à proximité d'un nid de dinosaure, explique la maîtresse tandis qu'elle pose l'appareil.

À peine avons-nous atterri qu'un craquement sonore retentit. Manifestement, il vient du nid. Toute la classe s'empresse de quitter l'appareil, et encercle le nid, les yeux rivés sur les coquilles, qui commencent juste à se fendre. Une petite griffe en jaillit, puis une tête verte. Et enfin apparaît un bébé dinosaure en entier. Il tente de se dresser sur ses pattes, et esquisse quelques pas.

– C'est fantastique ! On assiste en direct à la naissance de dinosaures. Et je vous signale que ce sont des *Diplodocus* ! nous apprend Mlle Je-sais-tout.

En une dizaine de minutes, dix *Diplodocus* viennent ainsi au monde.

Comme Lise s'excite, la maîtresse la sort pour lui montrer les nouveau-nés.

Soudain, une pensée me vient à l'esprit :

– Mademoiselle, et si leur mère arrive ? Elle n'appréciera sûrement pas que nous dérangions ses petits !

– Je veux bien te croire, Raphaël ! D'ailleurs, elle ne doit pas être bien loin. Éloignons-nous vite !

Postés un peu à l'écart, nous observons les jeunes *Diplodocus* qui, d'un pas maladroit, se dirigent vers les bois pour se mettre à l'abri d'éventuels prédateurs. C'est alors que j'aperçois, à quelques mètres de là, un squelette de dinosaure. Selon la maîtresse, il s'agit des restes d'un *Diplodocus* adulte.

Je sors ma dent fossile de mon sac à dos et l'approche des dents du squelette. Chacun se presse pour regarder. Elle est différente.

Le *Diplodocus*

Taille : 27 m de long.
Poids : 11 à 15 tonnes.
Époque : jurassique.

Régime alimentaire : herbivore.
Signes particuliers :
– Quadrupède.
– C'est un géant à petite tête
(elle ne mesure que 60 cm), et à long cou (8 m).
– C'est un gros mangeur : il engloutit jusqu'à
6 000 kilos d'herbes et de feuilles chaque jour,
sans mâcher.

Tout à coup, on voit Ophélie s'enfoncer dans la forêt, à la suite des bébés *Diplodocus*. Elle est comme hypnotisée.

– Ophélie, reste ici ! crie la maîtresse.

Ophélie ne l'entend pas, ou... fait mine de ne pas l'entendre. Et elle disparaît. D'une voix ferme et inquiète, Mlle Bille-en-Tête nous ordonne de nous regrouper, et nous partons à sa recherche. Et si Ophélie se faisait attaquer par la maman *Diplodocus* ?

– Ophélie ! Ophélie !

Nous crions à pleins poumons en veillant à ne pas trop nous éparpiller dans le bois.

Au bout d'un moment, je me sens fatigué. Je me laisse glisser contre le tronc d'un arbre géant afin de reprendre mon souffle. À ma grande surprise, le tronc bouge légèrement. Je découvre alors qu'il a... des pieds ! Énormes !

– Mademoiselle !

– Un *Brachiosaurus* ! hurle la maîtresse en se précipi-tant vers moi, suivie de Carlos et d'Anne-Laure.

Le monstre mesure au moins vingt-cinq mètres de long.

– Je suis sûr que son nom signifie « dino-saure géant » ! fais-je.

Décidément, je n'ai pas de chance. J'essaie de rigoler pour me donner de l'assurance.

– Tu es bête ! Son nom veut dire « lézard à bras », car ses pattes avant sont plus longues que ses pattes arrière, me corrige Anne-Laure. Mais il est vrai qu'il compte parmi les plus grands dinosaures !

– Qu'est-ce que tu attends pour aller vérifier si ta dent a appartenu à son grand-père ? plaisante Carlos.

Je me contente de hausser les épaules.

Les autres élèves nous rejoignent près de la patte du *Brachiosaurus*. Imperturbable, le géant mâche tranquillement des feuilles, qu'il arrache à la cime des arbres

– Et s'il a mangé Ophélie ? s'inquiète Kicha.

– C'est impossible ! la rassure la maîtresse. Le *Brachiosaurus* est herbivore : Ophélie ne l'intéresse pas !

Le *Brachiosaurus*

Taille : entre 23 et 25 m de long.
Poids : entre 50 et 80 tonnes
(le poids de quatre-vingts voitures).
Époque : jurassique.
Régime alimentaire : herbivore.
Signes particuliers :
– Quadrupède.
– Il a un long cou de 12 m.
– C'est un géant aussi haut qu'un immeuble
de quatre étages !

Je décide de détendre un peu l'atmosphère et lance à Carlos :

– Hé, comment sais-tu qu'un dinosaure est passé dans ton frigo ?

– Je n'en sais rien.

– Facile ! Tu remarques des traces de pattes sur la pizza !

– Ah ! Ah ! Elle est bien bonne !

Carlos et moi, nous éclatons de rire. Les autres restent complètement indifférents à mon humour.

Quant au *Brachiosaurus*, il se déplace pour atteindre un autre arbre.

– Écartez-vous ! crie Mlle Bille-en-Tête.

Nous obéissons aussitôt : nous ne voulons pas mourir écrasés comme des crêpes.

Je m'exclame :

– Oh, regardez ! Vous voyez, là-bas ? On dirait une caverne ! On pourrait s'y réfugier.

– Raphaël a raison, on y sera en sécurité, dit la maîtresse.

Et tout le monde me suit, sauf Ophélie, évidemment...

6

À la recherche d'Ophélie

J'entre dans la caverne le premier, et je pousse un cri d'épouvante qui résonne longuement contre les parois. Les autres se figent, tétanisés, derrière. Un dinosaure gigantesque vient de surgir de l'obscurité.

Il est long comme un semi-remorque ! Sa tête touche presque le plafond de la caverne. Le monstre avance vers moi. Je le vois maintenant très bien. Il est debout sur ses puissantes pattes de derrière. Ses pattes avant sont armées de griffes. Sa gueule, surtout, me glace d'horreur. Ses mâchoires sont garnies de longues dents recourbées, et elles s'ouvrent largement.

— Un *Allosaurus* ! hurle Mlle Bille-en-Tête. Dehors ! Vite !

La bête lance une patte dans ma direction, mais je l'évite de justesse. Je cours me cacher à l'extérieur avec la maîtresse et le reste de la classe, sous les racines d'un arbre géant.

— Tu l'as échappé belle, Raphaël ! me confie Mlle Bille-en-Tête.

Pas si bêtes !

Des scientifiques ont tenté de définir le Q.I. (Quotient Intellectuel) des dinosaures. Ils ont évalué la taille de leur cerveau par rapport à celle de leur corps.

Les grands herbivores, tels le Brachiosaurus et l'Apatosaurus, étaient des « cancres ». Quant au Stegosaurus, c'est pire : son cerveau était de la taille d'une noix !

En revanche, certains carnivores – ceux qui étaient plus petits que les herbivores, comme le Velociraptor – étaient des « surdoués » !

Anne-Laure

Je reprends mon souffle :

– Oh...Ou...oui ! J'espère qu'il ne va pas venir voir par ici !

– Je l'espère aussi, murmure Anne-Laure. Seulement, c'est l'un des dinosaures les plus intelligents...

En effet, l'*Allosaurus* ne tarde pas à s'avancer vers notre cachette.

– Maîtresse, si nous rentrions ? propose Anne-Laure, visiblement prise de panique.

– Sûrement pas, chuchote la maîtresse. Avant, il faut retrouver Ophélie !

À cet instant, un animal, qui ressemble à une souris, trottine sur le pied de Véronique, lui arrachant un cri.

Aussitôt, l'*Allosaurus* s'immobilise et écoute avec attention. Puis il s'approche encore plus de nous.

– Je suis désolée, gémit Véronique.

Les cheveux roux de Mlle Bille-en-Tête se hérissent. Elle met un doigt sur sa bouche pour nous imposer le silence.

L'*Allosaurus* se fige. Des piétinements sourds viennent de retentir dans la forêt. Le monstre les a sûrement entendus. Il se dresse encore plus haut sur ses pattes de derrière et ouvre grand la gueule.

L'*Allosaurus*

Taille : 12 m de long.
Poids : 1 à 2 tonnes.
Époque : jurassique.
Régime alimentaire : carnivore.
Signes particuliers :
– Bipède.
– Il se nourrit essentiellement d'herbivores
de taille moyenne.

Le *Stegosaurus*

Taille : 10 m de long.
Poids : 2 à 3 tonnes.
Époque : jurassique.
Régime alimentaire : herbivore.
Signes particuliers :
– Quadrupède.
– Il porte le long du dos dix-sept plaques qui lui servent à capter le vent pour se rafraîchir ou les rayons du soleil pour se réchauffer.
– Sa queue est armée de piques.

Inconscients du danger, deux *Stegosaurus* apparaissent. Une mère et son petit. Ils s'avancent en balançant leur corps énorme d'un côté et de l'autre, et écrasent les branches des arbres sur leur passage.

Ayant trouvé des proies plus intéressantes, l'*Allosaurus* se détourne aussitôt de nous. Deux bons steaks de *Stegosaurus* lui suffisent amplement !

Il attend que les deux dinosaures soient à sa hauteur, et hop ! il attaque. Il plante ses griffes dans le flanc du petit, faisant une profonde entaille.

À peine remise de sa surprise, la mère se dirige vers son ennemi et, en se retournant, lui décoche un puissant coup avec sa queue aux piquants acérés. L'*Allosaurus* pousse un hurlement quand les piquants s'enfoncent dans sa chair.

Les deux monstres s'affrontent en un terrible corps-à-corps, mais l'*Allosaurus* a finalement le dessus. Malgré ses blessures, le *Stegosaurus* adulte réussit à prendre la fuite. Terrasser le jeune *Stegosaurus* n'a été qu'un jeu d'enfant pour l'*Allosaurus*, qui se jette sur sa proie et la dévore.

Nous sommes choqués par le spectacle : nous avons du mal à tenir sur nos jambes. D'un signe de la main, la maîtresse nous invite à la suivre.

– Dépêchons-nous ! dit Mlle Bille-en-Tête. Ophélie est peut-être en danger !

Nous rejoignons l'endroit où nous avons vu notre copine pour la dernière fois, à la lisière de la forêt.

– Ophélie ! appelle la maîtresse. Ophélie !

– Oui, je suis là ! fait au loin une voix familière.

Quelques minutes plus tard, nous découvrons Ophélie, assise au milieu d'une clairière. Elle joue avec les dix bébés *Diplodocus*, et elle a l'air ravie ! Et nous

qui étions
si inquiets !

– Si nous les emme-
nions avec nous ? propose-t-elle
à la maîtresse.

Mlle Bille-en-Tête a l'air drôlement soulagée de la voir saine et sauve !

– Et quand ils seront devenus adultes,
qu'est-ce que tu en feras ? lance Thomas.

– Ophélie ! Ça suffit ! dit la maîtresse. Il faut...

Je l'interromps :

– Ça sent le brûlé !

– Un feu de forêt ! s'exclame Mlle Bille-en-Tête en humant l'air. Regardez, une colonne de fumée s'élève au-dessus des arbres ! Rejoignons vite notre avion !

– Et les bébés ? Nous ne pouvons pas les abandonner ! s'indigne Ophélie.

– J'ai une idée ! dit Carlos. Tout à l'heure, lorsque nous avons atterri, j'ai aperçu un cours d'eau. Nous n'avons qu'à les

déposer sur l'autre rive, comme ça, le feu ne les atteindra pas.

– Excellente idée, Carlos ! reconnaît la maîtresse. Ne perdons pas de temps !

Saisissant délicatement les *Diplodocus*, nous nous hâtons vers la rivière. Derrière nous, le feu avance. Ophélie est en tête ; et moi, je ferme la marche, serrant dans mes bras un petit dinosaure. Qui le croirait ?

Nous traversons rapidement le cours d'eau, peu profond.

Chacun dépose son bébé *Diplodocus* sur l'herbe. Puis nous rejoignons à toute vitesse l'Avion magique.

Tandis que Mlle Bille-en-Tête tapote sur son clavier, un mur de flammes progresse dans notre direction. Un puissant bruit de moteur déchire l'air, l'engin s'envole enfin !

7

Destination crétacé

Confortablement installés dans nos sièges, nous regardons le temps défiler derrière les vitres de l'Avion magique.

– À quelle époque allons-nous maintenant, maîtresse ? demande Véronique.

– Quoi ? Tu n'en as pas assez ? s'emporte Arnaud. Nous avons failli être tous grillés ! On devrait rentrer.

– Pas encore ! réplique Mlle Bille-en-Tête. Nous ne savons toujours pas à quel dinosaure appartient la dent fossile de Raphaël. Notre dernière étape sera donc le crétacé !

Et elle clique sur la souris de son ordinateur.

– Raphaël ! s'écrie Anne-Laure, tu vas
enfin connaître le propriétaire de ta dent.
Il y a beaucoup plus de dinosaures herbivores au crétacé.

– Tiens, prends les jumelles, Raphaël !
fait la maîtresse en fouillant dans une
poche, derrière son siège.

Je passe la lanière des jumelles autour
de mon cou quand... SPLASH ! L'Avion
magique tombe au beau milieu d'un lac.
Il commence à s'enfoncer dans les flots ;
l'eau monte jusqu'aux hublots !

Vite, Mlle Bille-en-Tête actionne un
bouton, et les ailes se transforment en
quatre grands flotteurs.

– Regardez ! Sur la rive ! s'écrie Carlos. Un
troupeau de rhinocéros avec leurs petits !

– Voyons, Carlos, il s'agit de *Triceratops* !
rectifie Anne-Laure.

– Nous allons nous en approcher, dit la maîtresse.

Le *Triceratops*

Taille : 9 m de long (la taille d'un camion).
Poids : 6 tonnes (le poids de cinq voitures).
Époque : crétacé.
Régime alimentaire : herbivore.
Signes particuliers :
– Quadrupède.
– Il a une collerette osseuse qui protège
sa nuque, et sa tête est garnie de trois cornes
pointues.
– Il charge l'ennemi avec sa tête, comme
un rhinocéros.

J'observe la dentition des *Triceratops* à travers mes jumelles. Apparemment, ma dent fossile n'appartient pas à cette espèce.

— *Triceratops*, quel drôle de nom ! s'exclame Thomas.

— Cela signifie « face à trois cornes », explique la maîtresse. On a souvent nommé les dinosaures en fonction de leur aspect.

— *Quadriceratops... Quinticeratops*..., s'amuse à énumérer Carlos.

— Arrête de dire des bêtises, le coupe Jeannette.

Nous observons ces dinosaures géants – de loin ! – quand Thomas pointe du doigt l'autre extrémité du lac.

— Des *troodon* ! précise Anne-Laure.

En effet, un groupe de *Troodon* erre sur la rive. Ils dépassent à peine la taille d'un homme, mais je distingue une lueur

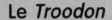

Le *Troodon*

Taille : 3 m de long.
Poids : 130 kg.
Époque : crétacé.
Régime alimentaire : carnivore.
Signes particuliers :
– Bipède.
– Il est l'un des dinosaures les plus intelligents.
– Sa gueule est munie de dents minuscules.
– Il maintient sa proie avec ses trois longs doigts pointus.

de férocité dans leur regard. Quand ils aperçoivent les *Triceratops* sur la rive opposée, ils se précipitent vers eux.

– Selon mon livre, le *Troodon* mange les petits des autres dinosaures, signale Anne-Laure. Les jeunes *Triceratops* sont en danger, il faut absolument les prévenir !

Je me penche vers Mlle Bille-en-Tête et appuie sur le klaxon tandis qu'elle met les gaz de façon à s'approcher du troupeau.

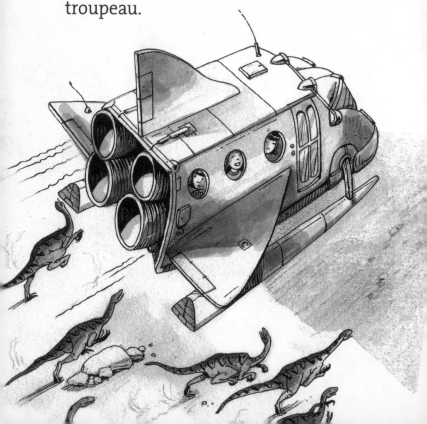

Levant la tête, les *Triceratops* découvrent l'Avion hydroglisseur magique, qui vient vers eux. Affolés, ils s'engouffrent dans les bois en poussant des mugissements.

Les *Troodon* s'élancent à leur poursuite. Mais les fugitifs ont une bonne longueur d'avance.

– Bravo pour le coup du klaxon, Raphaël ! lance Carlos en me donnant une tape amicale sur l'épaule. Tu les as fait fuir !

– Nous allons accoster non loin des bois, nous avertit la maîtresse.

L'air emmagasiné dans les moteurs s'échappe et, à l'instant où nous abordons, notre drôle de bateau redevient un autobus. Tout le monde saute aussitôt à terre.

– On ne s'est jamais autant amusés qu'aujourd'hui ! s'exclame Véronique.

C'est alors qu'un rugissement sonore déchire l'air. Le cri aigu d'un animal lui fait écho. Puis un silence s'installe. Un silence de mort !

8

Sauve qui peut !

– Qui a poussé ce cri ? demande Ophélie, épouvantée.

– J'ai ma petite idée…, répond Mlle Bille-en-Tête.

– Moi aussi, intervient Anne-Laure. À mon avis, c'est un *Tyrannosaurus Rex* !

Un frisson court le long de mon dos. Je sors la dent fossile de mon sac, et je lance :

– Cherchons des restes de mâchoires et filons ! Je n'ai pas envie de me trouver au milieu de ces dinosaures-là.

Trouver des mâchoires n'est pas un

problème : il y en a partout. Le *Tyranno-saurus Rex* doit manger comme un ogre, à en juger par les nombreux ossements. Mlle Bille-en-Tête se penche sur la mâchoire d'un dinosaure de taille moyenne.

– Regardez, les enfants ! Un dinosaure à bec de canard ! Il a plusieurs rangées de dents pointues.

– Quel boulot pour se brosser les dents ! s'exclame Carlos.

Les élèves sont trop occupés à chercher des dents pour réagir à sa blague.

– Et ça ? fait Thomas, agenouillé devant un crâne énorme en forme de dôme.

– Il a dû appartenir à un dinosaure à crâne osseux, appelé *Pachycephalosaurus*, dit Mlle Bille-en-Tête. Raphaël, vérifie si ton fossile s'adapte à l'une ou à l'autre de ces mâchoires !

Hélas, ce n'est pas le cas.

Nous nous enfonçons dans les bois pour

chercher d'autres squelettes quand un
bruissement de feuilles au-dessus de nos
têtes attire notre attention. Nous avons
juste le temps de voir une queue garnie
de pointes et terminée par une massue
osseuse disparaître dans le feuillage.

– Un *Ankylosaurus* ! s'écrie Anne-Laure.
Je l'ai reconnu à sa queue.

L'*Ankylosaurus*

Taille : 11 m de long.
Poids : 4 tonnes.
Époque : crétacé.
Régime alimentaire : herbivore.
Signes particuliers :
– Quadrupède.
– Son corps entier est recouvert d'une cuirasse de plaques osseuses et d'épines.
– Il a une masse aussi grosse qu'une tête d'homme à l'extrémité de sa queue.

Je distingue des traces sur le sol humide. Posant mes genoux à terre, j'examine les empreintes quand Mlle Bille-en-Tête me rejoint. Elle me tend une règle et me conseille de les mesurer.

– Quarante-cinq centimètres de long... Trois mètres cinquante d'écartement !

– Il s'agit des empreintes d'un *Tyrannosaurus Rex* ! s'écrie Arnaud, qui est juste derrière moi.

Le jeu des empreintes

Les empreintes de pas fournissent de précieux renseignements sur les dinosaures. En les observant, les paléontologues peuvent savoir :
• La forme du pied, et même le nombre d'orteils.
• Leur façon de marcher : sur deux ou quatre pattes.
• La vitesse à laquelle ils se déplaçaient (en mesurant la distance qui sépare deux empreintes).
• Si l'animal se déplaçait seul ou en groupe.

Arnaud

– Elles ont l'air toutes fraîches ! remarque la maîtresse. Notre *Tyrannosaurus Rex* ne doit pas être loin.

– Aïe ! C'est mauvais signe ! gémit Kicha. Et s'il tombe sur l'*Ankylosaurus* ?

– Il faut le retrouver, lance Anne-Laure.

Les empreintes du *Tyrannosaurus Rex* vont vers la cime d'une colline. Anne-Laure part en courant, avant que Mlle Bille-en-Tête ait le temps de l'en empêcher. Toute la classe la suit. Nous frayant un passage dans l'abondante végétation, nous atteignons enfin le sommet. De là-haut, la vue est imposante : une vaste plaine herbeuse s'étend à nos pieds.

Le spectacle qui s'offre alors à nos yeux nous laisse bouche bée. Au loin paît un troupeau de *Triceratops* ! De l'autre côté d'un lac se tient un groupe de *Troodon*. Seul, un dinosaure se détache des autres, comme un roi. C'est un *Tyrannosaurus Rex* !

Le *Tyrannosaurus Rex*

Taille : 13 m de long.
Poids : 7 tonnes.
Époque : crétacé.
Régime alimentaire : carnivore.
Signes particuliers :
– Bipède.
– Il mange des cadavres : c'est un charognard !
– Il avale jusqu'à 100 kg de viande et d'os
en une seule bouchée.
– Sa mâchoire s'ouvre si largement qu'un enfant
de six ans pourrait y entrer !

Il erre dans la plaine, vraisemblablement à la recherche d'une proie. Il se déplace très lentement ; soudain, il s'immobilise.

Tirant mes jumelles de mon sac, je vois le *Tyrannosaurus Rex* faire un mouvement de haut en bas avec sa gueule. Il a senti une proie ! Ses énormes mâchoires s'ouvrent sur des dents tranchantes de vingt centimètres de long. J'en compte une bonne soixantaine !

L'*Ankylosaurus* est là aussi.

– Oh, non ! s'exclame Anne-Laure. Il se dirige droit sur le *Tyrannosaurus Rex* !

Je pointe mes jumelles vers l'orée du bois. En effet, l'*Ankylosaurus* sort à l'abri des arbres. Lorsqu'il aperçoit le *Tyrannosaurus Rex*, il pousse un rugissement.

J'observe ses dents à travers mes jumelles. Hourra ! La dent fossilisée que je tiens entre mes mains est celle d'un *Ankylosaurus* !

Le roi des dinosaures attaque aussitôt, par surprise. Je détourne le regard afin de ne pas voir le terrible spectacle, puis je lance à mes copains :

– Ça y est ! C'est une dent d'*Ankylosaurus* !

– Alors, on rentre ! Je n'ai pas envie de servir de dessert au *Tyrannosaurus Rex*, gémit Arnaud.

– Mademoiselle ! appelle soudain Carlos.

Il tend la main vers la plaine. Le *Tyrannosaurus Rex* n'a fait qu'une bouchée de l'*Ankylosaurus*, qui pourtant avait de quoi se défendre. Il se dirige vers nous. Et il a l'air toujours aussi affamé !

On dévale la colline en courant et on s'engouffre dans le Bus magique. La maîtresse ouvre son ordinateur, clique sur l'icône « Voyage ». VROOOMMM ! En route vers l'école !

9

Enfin de retour !

Le Bus magique se pose dans la cour de l'école.

– On est mieux à la maison ! s'écrie Véronique, soulagée. Plus de dinosaures carnivores à l'horizon !

– Maîtresse, j'ai l'impression d'avoir rêvé ! Avons-nous vraiment voyagé dans le temps ? demande Kicha.

Mlle Bille-en-Tête lui adresse un sourire énigmatique. Mais, tandis que je rejoins mes copains, elle me prend à part.

– Regarde, Raphaël, me dit-elle avec un clin d'œil.

Elle désigne une rayure sur le pare-brise du véhicule.

– Je crois qu'il faudra le remplacer ! poursuit-elle.

Je me souviens du coup de patte du *Coelophysis*, au jurassique. C'est une belle preuve !

L'ami de la maîtresse, le professeur Marcus, nous attend dans notre classe. Il paraît fort inquiet. Je lui montre aussitôt mon fossile.

– Je suppose que tu aimerais savoir à quel dinosaure il...

– C'est une dent d'*Ankylosaurus* !

– Bravo, jeune homme ! s'exclame le professeur. Sais-tu que je n'en ai même pas une, au musée...

– Je vous la confie. Les dinosaures, je commence à connaître... J'en ai suffisamment vu pour aujourd'hui. Et même pour le restant de ma vie !

Le professeur Marcus me regarde d'une drôle de façon, mais je me contente de sourire à mes copains.

Fin

Si tu as aimé ce livre,
tu peux lire d'autres histoires
dans la collection

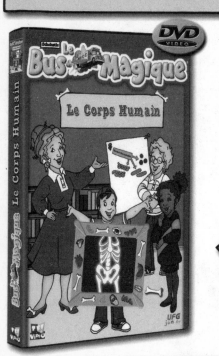